A Manuel y Lola,
mis dos pequeños duendes.

DYLAR
ediciones

Ilustración
Jordi Ninot

Diseño
Alfonso Méndez Publicidad

Maquetación
copion

Fotomecánica
copion

Impresión
Brosmac, S.L.

Depósito Legal: M-19980-2007

ISBN: 978-84-95280-37-4

DYLAR Ediciones
Tel.: 902 44 44 13
e-mail: dylar@dylar.es
www.dylar.es

Este libro está impreso sobre papel reciclable, ecológico,
libre de cloro, y contribuye al desarrollo sostenible
de los bosques.

La masía encantada

LOLA HERRERO

DYLAR ediciones

Lola Herrero

Lola Herrero nació en Madrid, ciudad donde reside desde siempre. Empezó a estudiar Derecho en la Universidad Complutense de Madrid, pero enseguida se dio cuenta de que lo suyo era inventar historias fantásticas. Tras realizar un curso de literatura infantil y juvenil, y animada por familiares y amigos, empezó a escribir y desde 1997 está publicando libros para niños. Ha publicado varias obras en distintas editoriales y en ocasiones participa en actividades en torno al libro infantil y juvenil (lectura y crítica, jurado en diversos premios literarios, encuentros de autor...). Escribe libros de aventuras, realistas, de poesía, de intriga y misterio... Pero es en el género fantástico en el que verdaderamente se siente a sus anchas y con el que disfruta plenamente, dando rienda suelta a la imaginación.

Rellena tu ficha

La autora de «La masía encantada» se llama. . . . .

Nació en Madrid, ciudad donde vive y donde empezó a estudiar . . . . en la Universidad Complutense.

Comenzó a publicar en el año ...... y a partir de entonces, ha publicado varios libros con distintas editoriales.

Aunque escribe libros de aventuras, de intriga, realistas... etc, el género . . . . es su preferido, género que le permite compartir con sus lectores su entusiasmo por el mundo de la fantasía y la imaginación.

Capítulo 1

El viaje iba a ser muy interesante, bueno, no sólo interesante, además iba a ser importante y prometedor. Era la primera vez que la madre de Jordi iba a exponer en el extranjero, nada menos que en París, la ciudad de los artistas. Jordi estaba seguro de que los cuadros de su madre tendrían un gran éxito, ¡pintaba tan bien!

¡Ah!, antes de seguir, tienes que saber que Jordi es el protagonista de esta historia. Es un muchacho de nueve años muy simpático y poco estudioso. Sin embargo, hay algo que se le da de maravilla: pintar. Y es que de tal palo… Pero en fin, no quiero enrollarme mucho para no aburrirte ni entretenerte demasiado.

Como te iba diciendo, los padres de Jordi iban a viajar a París. Normalmente, cuando les surgía algún viaje, Jordi se quedaba en Madrid con su abuela paterna, pero esta vez, la abuela estaba disfrutando de un crucero y no iba a volver por lo menos en un mes.

¿Cómo?... Sí, ellos viven en Madrid... Sí, Jordi nació en Madrid... ¿Jordi?... Sí, es un nombre catalán; pero verás, ahora te explico, el padre de Jordi es madrileño y la madre es catalana, de Girona, y Jordi se llama Jordi por su abuelo materno, o sea, Jordi se llama Jordi porque así se llamaba su abuelo, que en paz descanse, y sus padres quisieron que se llamara como él; tenían otro nombre pensado pero cuando nació, nada más verlo (y es que se parece mucho a su abuelo), los padres se miraron y dijeron al unísono: ¡JORDI! Bueno, bueno, no me interrumpas más. Sigo...

Aunque Jordi estaba feliz por su madre, no lo estaba tanto por lo que le esperaba a él... Como no tenían a nadie con

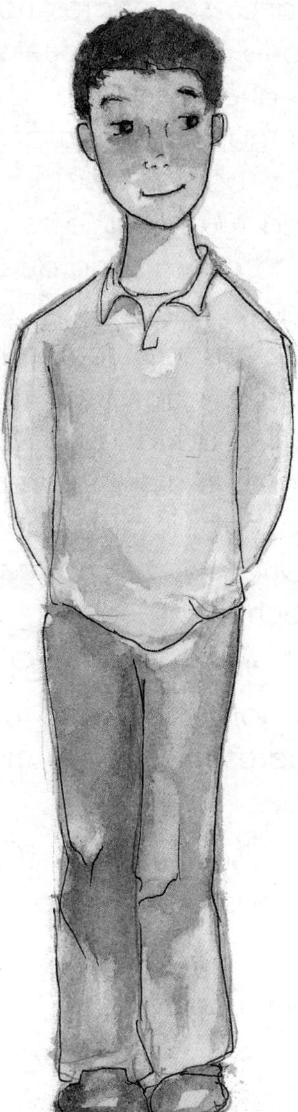

quien dejarlo, sus padres habían decidido llevarlo con su abuela materna, Caterina, que vivía en Girona, en el Alto Ampurdán. Eso a Jordi no le apetecía nada; pero la verdad es que no era la casa ni el vivir lejos de Madrid lo que no le atraía, sino que la que no le gustaba era su abuela Caterina. Jordi la conocía poco, sólo la había visto algunas veces cuando ella había ido de visita a Madrid para verlos, cosa que cada vez era menos frecuente porque por lo visto, le daba pereza trasladarse. ¿Que por qué no le gustaba su abuela? Schhh, escucha...

—¿Cuánto tiempo vais a estar, mamá? –preguntó Jordi, tumbado en la cama de sus padres mientras su madre hacía las maletas.

—¡Ya lo sabes, cariño! ¿Cuántas veces me lo has preguntado ya? Una semana.

—¡Una eternidad!

—¿Siete días, una eternidad? ¡Ya verás lo rápido que se pasa! Una semana no es nada...

—A mí se me va a hacer interminable.

—¡Eh, vamos Jordi, por favor! No quiero que tengas esa actitud tan negativa, hijo. Este viaje es muy importante y no me gustaría irme sabiendo que te dejo triste. Ya verás lo bien que lo vas a pasar con la abuela. Estoy segura de que al final te alegrarás de haber ido.

—Lo único bueno es que voy a faltar una semana a clase.

—¡Cómo eres! No creas que todo va a ser «buena vida», la «seño» me ha dado un montón de deberes para hacer.

—¡Qué pesada! ¡No me deja tranquilo ni una semana!

—Eva es encantadora y te aprecia mucho, aunque se queje de que eres bastante vago. Ahora tienes que poner todo de tu parte para aprobar el curso, estamos en mayo y sólo te queda un mes para terminar.

—¿A qué hora saldremos?

—A las seis de la mañana. Tardaremos ocho o nueve horas en llegar. Después, papá y yo iremos a Barcelona, cogeremos el avión desde allí que sale a las siete, así que debemos ir con tiempo.

—Odio madrugar.

—¿Ya empiezas a quejarte?

—¿Cómo es la casa de la abuela?

—¡Fabulosa! Es una masía. Es la casa más bonita que hay en el mundo –dijo y Jordi vio que su madre se había emocionado al decirlo.

—Tienes buenos recuerdos, ¿verdad, mamá?

—Buenos no, ¡buenísimos!

—Hace mucho que no vas.

—Sí, hace mucho. La última vez te llevaba en la tripa. Pero creo que vamos a empezar a ir de nuevo. La abuela ya no tiene ni las ganas ni las fuerzas de antes para viajar, así que seremos nosotros los que iremos a visitarla a ella.

«Horror» –pensó Jordi.

—¿Vive sola? –preguntó Jordi.

—No. Maca vive con ella.

—¿Maca?

—Macarena es la mujer que se ocupa de la casa y también de la abuela. ¡Ya verás qué simpática es! Además, es muy graciosa, como buena andaluza. Bueno, ya está todo listo. ¡A la cama, jovencito, que mañana hay que madrugar!

—¿Y tú qué?

—Yo espero a tu padre que está a punto de llegar. Hoy se ha quedado más de la cuenta para no dejar mucho trabajo atrasado. ¡No rechistes y a la cama!

—¿Cómo es la abuela, mamá? –preguntó Jordi mientras su madre lo acompañaba a su habitación.

—Te encantará.

—A mí no me gusta.

—¿Por qué?

—Es muy seria y... misteriosa.

—¿Sabes una cosa? La razón por la que me apetece tanto que hagas este viaje, es porque la vas a descubrir. Vas a conocer de verdad a tu abuela Caterina, a ella y… a todo lo que la rodea.

Capítulo 2

El viaje, al principio, le pareció de lo más aburrido; además, como había madrugado tanto, iba de bastante mal humor. Sus padres no le hicieron caso, lo cierto es que estaban muy excitados, sobre todo la madre de Jordi, que llevó durante todo el trayecto una sonrisa de oreja a oreja. Y es que tenía dos razones para estar tan feliz: la primera, la inminente exposición y la segunda, el reencuentro con Caterina, su madre, y con su antigua casa.

—¡Mira, Jordi! Estamos pasando Zaragoza. Ahora cogeremos la autopista hacia Barcelona.

—Qué bien –dijo Jordi y se recostó en el asiento.

La verdad es que Jordi estaba bastante, qué digo bastante, muy decepcionado. Los días anteriores al viaje, sus padres se lo habían «pintado» de lo más interesante y lo único que Jordi veía a través de la ventanilla del coche, era la autopista y coches pasando a toda velocidad. «¿Dónde está lo bonito?», se preguntaba. Para colmo, se pasó el camino de Zaragoza a Barcelona oyendo a Serrat, un cantante que les encantaba a sus padres pero que a él no le gustaba nada.

Al cabo de un rato de autopista, pararon para tomar un refrigerio en un área de servicio. Jordi se quedó horrorizado al ver a tanta gente revoloteando por la cafetería, llevando bandejas y sirviéndose bocadillos y coca colas, casi todos eran de pan con tomate y butifarra, pero no tenían muy buena pinta; Jordi estaba acostumbrado al pan con tomate de su madre y a las butifarras que les enviaba Caterina desde Girona. Así que se conformó con un trozo de pizza y una coca cola. Después de comer, fue al servicio y ¡aquello fue el agobio total!, estaba lleno de extranjeros y ya no quedaba ni jabón para lavarse las manos. Pero lo que más le sorprendía a Jordi era la cara de felicidad de sus padres, ¡estaban encantados con todo aquello! Jordi volvió a la mesa donde estaban sentados, se encogió de hombros y se resignó, no sin antes comerse un enorme helado para «calmar las penas».

Después de la parada, Jordi se quedó dormido en el coche y, cuando se despertó, ya estaban en Girona.

Jordi abrió los ojos y lo primero que vio fue a su padre conduciendo y a su madre durmiendo. Se desperezó y le preguntó a su padre dónde estaban. Cuando éste le contestó que ya estaban en Girona y que ya iban de camino a Canell, el pueblo de la abuela, Jordi miró curioso por la ventanilla. Ya no dejó de mirar en todo el camino. Lo que tenía ante sus ojos le empezó a interesar. Atrás había quedado la horrenda autopista y ahora, tenía ante si una tierra desconocida para él y completamente distinta a la sierra madrileña o a Málaga, que eran los únicos lugares que él conocía. Jordi estaba descubriendo el paisaje catalán, el Ampurdán y por primera vez desde que se metió en el coche en Madrid, esbozó una sonrisa de satisfacción.

—¡Mira qué casa de piedra tan *guay*, papá!

—Es una masía –dijo su madre, que se acababa de despertar–. Es la casa típica de aquí, ¿recuerdas?

—¡Cuántos árboles! ¡Es todo tan verde!

—Abre la ventanilla del todo y respira profundamente, hijo. Notarás que el aire es una mezcla de mar y montaña...

—¡Mirad! –exclamó el padre de Jordi– Canell a dos kilómetros.

Capítulo 3

Al fin llegaron a Canell y el coche pasó por el pueblo lentamente, sorteando pedruscos y esquivando perros que andaban de un lado a otro. El pueblo era pequeño, unas pocas casas de piedras bajas rodeaban una también pequeña plaza con una fuente repleta de palomas que se disputaban las migas de pan que una viejecita les echaba mientras les hablaba.

Jordi echó una ojeada al conjunto y vio, un poco alejada de la plaza, una enorme casa de piedra, más bien parecía una mansión, que lo dejó perplejo. Aquella «casaza» debía de ser el Ayuntamiento o algo así y pensó que en cuanto pudiese, le haría una visita para verla por dentro. Acto seguido, se dedicó a mirar casa por casa, preguntándose cuál sería la de la abuela y jugando a adivinarlo; pero cuál fue su sorpresa cuando su padre se fue alejando de las pocas casas que había en el pueblo y se adentró por una carretera estrechísima, por la que casi no cabía el coche, y se paró de golpe frente a la «casaza».

—Ya hemos llegado –dijo el padre desabrochándose el cinturón de seguridad.

—¿Dónde está la casa? –preguntó Jordi.

—Ahí la tienes –dijo su madre señalando la enorme masía que tenían en frente.

—¿E... ésa es la casa de la abuela?

—Sí. ¿No te dije que era la casa más bonita del mundo? Pues espera a verla por dentro.

Jordi se quedó petrificado. Nunca se hubiese imaginado que la abuela Caterina, la seria y misteriosa, viviese en una casa como ésa. «¡Y yo sin saberlo!», pensó.

—¡Oh, es fantástica, mamá! Es como las de las novelas medievales.

—No sabía que te gustaban las novelas de la Edad Media. ¡Lo que vas a disfrutar entonces! Aquí tenemos unos pueblos medievales preciosos...

Jordi estaba sorprendido de ver a su madre tan emocionada; «aquí tenemos..., ¡pero si tú vives en Madrid!», pensó. Pero, escuchándola y observándola, Jordi se dio cuenta de lo que ella amaba esa tierra, «su» tierra, y sintió un poco de pena y rabia al pensar que su madre había debido sentir tantas veces nostalgia y él no se había dado ni cuenta, es más, cuando hablaba de su infancia y de su pueblo, él ni siquiera la escuchaba y siempre pensaba «qué pesada». «Pero a partir de ahora será distinto», se prometió.

Unas voces, más bien chillidos, interrumpieron sus pensamientos.

—¿Qué son esos gritos, mamá?

—¡Oh, es Maca! Vamos, Jordi, sal del coche.

Una mujer de mediana edad, regordeta y con delantal, con el pelo muy negro recogido hacia atrás con dos peinetas de lunares rojos, salió a recibirlos, seguida de la abuela Caterina que se ayudaba para caminar con un bastón.

—¿Por qué chilla, mamá?

—No chilla, es que habla así.

—¡Pues vaya voz! –exclamó Jordi.

Salieron del coche. Maca y la abuela se acercaron y no pararon de dar besos y abrazos.

—¡Qué alegría, Dios Santo! ¡Cuánto tiempo, chiquilla! –le decía Maca a la madre de Jordi– ¡Ya estoy llorando! ¡Es que estas cosas..., a mí me emocionan mucho, no lo puedo evitar! ¡Y éste es el chiquitín! –dijo acercándose a Jordi– ¡Señora, mire que *maco* es!

La abuela Caterina se acercó a su nieto y lo miró fijamente.

—*¡Sí que se sembla a l'avi, Deu meu!* –dijo y le dio un fuerte abrazo. Jordi no entendió ni una palabra y miró a Maca con gesto interrogativo.

—Eso que has oído es catalán –le dijo Maca–. Pero no te preocupes que tu abuela también habla castellano, ¡a ver si no cómo me iba a entender yo con ella! ¡Porque lo que es intentarlo, yo he intentado aprenderlo! ¡Pero es que no me entra! Tu abuela dice que lo que me pasa es que soy muy vaga y por eso no me da la gana aprender el catalán. Pero bueno, al final da lo mismo porque entenderme, me entiendo con todo el pueblo y...

«¡Lo que habla! ¡Esto no me lo había dicho mamá!», pensó Jordi y miró a su madre mientras Maca la llevaba del brazo al interior de la casa. La madre de Jordi se rió al ver la mirada de su hijo, como si hubiese adivinado sus pensamientos; era verdad, ¡no le había dicho lo mucho que hablaba Maca!

—¿Qué es lo que ha dicho la abuela en catalán, Maca?

—Que te pareces a tu abuelo. Ya sabes, los abuelos siempre tienen que sacar parecidos a sus nietos y... Pero, a ver, mírame... ¡Pues sí que tienes un aire, *condenao!* ¡Qué gracia! ¡Mira que parecerte a tu abuelo Jordi! Estas cosas de los genes... He preparado una tarta de manzana que te vas a chupar los dedos, una tarta como las que hacía mi madre en mi pueblo y...

Maca seguía hablando y Jordi dejó rápidamente de escuchar. Estaba absorto y sobrecogido. Lo que tenía ante sus ojos era realmente increíble. El interior de la masía superaba con creces su fachada. Entraron en el recibidor que se comunicaba sin puerta de separación con el amplio salón de la casa. Jordi estaba fascinado: las paredes de piedra, los muebles antiguos y rústicos, la chimenea, la enorme biblioteca, la gran cantidad de cuadros. Siguieron andando y llegaron a la cocina, también enorme, con magníficas alacenas repletas de preciosas vajillas.

—Ahí está la zona de servicio, mi zona –dijo Maca–. ¡Yo también la tengo muy bonita! Tu abuela me dejó de-

corarla a mi gusto y me compró los muebles que yo misma elegí.

Entraron en la habitación de Maca, que comunicaba con un saloncito en el que había un sofá de tapicería floreada y una televisión; una muñeca vestida de flamenca servía de centro de mesa en una mesa-camilla; en las paredes, una Virgen, un retrato de Maca y al lado, un sombrero cordobés.

—Es la Macarena –dijo señalando el cuadro de la Virgen–. El sombrero era de mi padre.

—Es muy bonito, Maca –dijo Jordi condescendiente.

—¿Qué te parece el retrato? ¡Soy yo!

—Ya lo veo. Estás muy guapa, Maca.

—¡Estoy más joven, que no es lo mismo! Lo pintó tu abuelo y me lo regaló en uno de mis cumpleaños. ¡El señor era un hombre estupendo! Bueno, ahora subamos a los dormitorios.

En el piso de arriba estaban los dormitorios.

—Mira, ésta es la de invitados –le dijo Maca mientras le mostraba la habitación también de estilo rústico y con muebles fabulosos.

—¿Aquí dormiré yo? –preguntó Jordi.

—No. Para ti tenemos reservada una sorpresa.

Luego, entraron en otro dormitorio.

—Éste era, bueno es, el de tu madre.

Jordi lo reconoció en cuanto entró. Su madre se lo había descrito tantas veces que se lo sabía de memoria: la cama de madera, su muñeca de trapo, su mesa de estudio, su librería al lado de la ventana, el retrato que le hizo su padre de niña sosteniendo a Merlín, el gato blanco de su madre... Jordi se sobrecogió al tener ante sus ojos aquel recuerdo tan vivo y que siempre se lo había tenido que imaginar a través de las palabras de su madre. Le pareció maravilloso y tan familiar...

—¿Es aquí donde voy a dormir? –preguntó.

—Oh, no. Aquí sólo duermen tus padres.

Salieron del cuarto y Jordi señaló una puerta cerrada que estaba enfrente del dormitorio de su madre.

—¿Y esa habitación?

—Ésa es la de tu abuela. Ya la verás. Ahora subamos al ático.

Al final del pasillo, había una escalera de caracol que subieron. Maca iba delante y a Jordi se le hizo eterna la subida; Maca subía muy despacio.

—¡Cada día me cuesta más subir escaleras! Tendré que ponerme a régimen. Puede que el lunes... –decía Maca.

Cuando llegaron al ático, Jordi entró en la habitación más fabulosa que había visto en su vida: la claraboya, la cama de madera en forma de barca, baúles abiertos con ropas antiguas, juguetes y libros viejos, el escritorio con escribanía de madera y una pluma antigua con el plumín oxidado, el caballo balancín, la mecedora; y en la pared, un único cuadro de gran tamaño en el que se veía una niña montada en un caballo de madera, sonriendo y mirando hacia atrás, a la grupa del caballo, como si alguien estuviese con ella balanceándose alegremente. Jordi sintió un extraño estremecimiento frente a aquel cuadro, no podía apartar la vista de él.

—¡Oh, es fantástico, Maca!

—Ésta será tu habitación. ¡Ya sabía yo que te iba a gustar!

—Esa niña del cuadro, ¿quién es? No es mamá pero se parece...

—¡Claro que se parece! ¡Como que es tu abuela!

—¿Esa niña es la abuela Caterina?

—La misma.

—¿Y quién pintó el cuadro?

—Creo que un tío suyo o un primo... ¡No me acuerdo! Es bonito, ¿verdad?

—¡Es más que eso! Es... es...

—¿Misterioso?

—¡Eso! Misterioso... Y tiene tanta vida, parece como si se hubiese pintado ayer u hoy, sus colores... No te cansas de mirarlo. Hay algo en él... ¿Por qué está aquí y no en el salón o en la entrada? Abajo todo el mundo lo vería al entrar en la casa y es un cuadro que merece la pena ver.

—Tu abuela quiere que se quede aquí, en su habitación.

—Pero, su habitación está en el piso de abajo...

—La de casada, sí.

—¿La de casada?

—Sí. La de abajo es su habitación desde que se casó con tu abuelo. Pero ésta fue la habitación de tu abuela cuando era niña. No sé si sabes que esta masía pertenece a la familia hace varias generaciones.

—Sí, lo sé... Me encanta tener esta habitación para mí, Maca. ¡Es como un sueño!

—¡Yo también estoy encantada, Jordi! Cuando tu abuela me dijo que ibas a dormir aquí... Bueno, ¡lloré y todo!

—¿Por qué?

—De la emoción. ¿Tú sabes desde cuándo no se usa esta habitación? ¡Sólo tu abuela ha dormido aquí! ¡No se lo ha permitido ni a tu madre! ¡Ni ella misma ha vuelto a dormir! ¿Te das cuenta? Y ahora tú, su único nieto... snif... es maravilloso... snif... ¡Va, dejémonos de sentimentalismos! Deja tu maleta y bajemos a merendar.

—¿A merendar a estas horas? ¿No es un poco pronto? Casi acabamos de comer en el camino...

—¡No importa! Vas a probar la tarta de manzana con chocolate. El chocolate lo he preparado especialmente para ti, porque a los mayores les gusta el té o el café, pero he pensado: ¡hoy, chocolate para el niño, así que, chocolate para todos! ¡Y al que no le guste, que se aguante, ea!

—¡Qué graciosa eres, Maca! Dice mamá que es porque eres andaluza, que los andaluces sois así.

—¡Cría fama y échate al monte! ¡No te creas, que de todo hay en la viña del Señor! Es que a mí me parió así mi madre, ¡y se acabó!

—¿Podremos ir algún día al mar, Maca? –preguntó Jordi mientras bajaban al salón.

—Iremos, no te preocupes.

—¿Se va andando?

—No, hay que ir en coche. Pero aquí donde me ves, ¡estoy hecha toda una *fitipaldi!*, bueno, toda lo *fitipaldi* que me permite el coche de tu difunto abuelo, que tiene más años que Matusalén.

—Ja, ja...

—Ve al salón con tus padres y tu abuela, que yo voy a la cocina a buscar la merienda.

En el salón, sentados en un confortable sofá frente a la chimenea, los padres de Jordi charlaban animadamente con Caterina. Jordi irrumpió, se sentó junto a su madre y se unió a la conversación. Maca apareció con la merienda.

—¡Aquí estoy! –dijo. Dejó la bandeja en la mesa y empezó a servir.

—¿Y el café, Maca? –preguntó la abuela– ¿O preferís té, hijos?

—¡Ni té ni café! ¡Hoy chocolate! –dijo Maca.

Jordi soltó una carcajada y al instante todos rieron.

—¡Has tenido una gran idea, Maca! –dijo el padre de Jordi.

—Se me ha olvidado el azúcar –dijo Maca–. Ahora mismito vengo, no sé dónde tengo la cabeza... –y se fue a la cocina.

—¡No sé qué voy a hacer con ella! –exclamó Caterina.

—¡Y yo no sé qué harías sin ella! –dijo la madre de Jordi– ¡Si no podéis vivir una sin la otra! –y siguieron riendo.

—¡Ya estoy aquí! ¡Vamos a merendar! –y pasaron un rato estupendo, hablando de miles de cosas, riendo con los recuerdos y, por supuesto, saboreando la tarta de manzana y el chocolate de

Maca, que a Jordi le pareció el mejor que había tomado en su vida.

Capítulo 4

Jordi vio cómo se alejaba el coche de sus padres camino de Barcelona, al aeropuerto. Caterina, Maca y él entraron de nuevo en la casa. Maca seguía llorando de la emoción. Antes de que la madre de Jordi le diese los dos besos de despedida, Maca estaba muy seria y no hablaba. Jordi se extrañó de su actitud, pero enseguida Caterina se lo aclaró: «No le hagas caso, está así por el esfuerzo que está haciendo para no llorar». La abuela tenía razón, en cuanto recibió los dos besos de despedida, rompió en llanto y ya no paró de hablar y de llorar. «¿Lo ves?», le dijo Caterina y le guiñó un ojo a Jordi que no pudo evitar sonreír.

Maca se fue a la cocina mientras se secaba las lágrimas con el delantal.

—Voy a ver qué hago hoy de cena –dijo y dejó solos a Jordi y a Caterina que fueron hacia el salón. Se sentaron en el sofá y, durante unos segundos que a Jordi se le hicieron larguísimos, no hablaron y se limitaron a observarse. Caterina miraba a su nieto mientras sonreía. Lo hacía con tanta curiosidad que Jordi se sintió un poco cortado.

—¡Me recuerdas tanto a tu abuelo! –le dijo– Ven, siéntate a mi lado, quiero sentirte cerca.

Jordi hizo caso y se sentó junto a su abuela. Caterina le tenía un tanto aturdido. Él había tenido siempre una imagen hecha de su abuela pero según iba pasando el tiempo, el poco tiempo que llevaba con ella, esta imagen iba cambiando. Ya no le parecía seria, sin embargo, todavía percibía en su abuela Caterina algo misterioso; pero, al contrario que antes, ahora este aire misterioso le gustaba y le atraía. En el fondo, ¡tener una abuela misteriosa era fantástico y toda una suerte! Caterina lo abrazó y lo sentó en su regazo mientras le acariciaba el cabello y le hablaba. Pero Jordi ya no estaba cortado, era como si la abuela lo hubiera hecho toda la vida y volvió a pensar en su madre, imaginándosela sentada ahí, en el mismo sitio en el que él estaba, disfrutando de esas caricias hechas con esas mismas manos y no pudo evitar emocionarse.

—¿Te gusta leer, Jordi? –le preguntó Caterina.

—Sólo a veces.

—Eso es porque lees poco. Debes proponerte tener siempre un libro en las manos. Acabarás amando la lectura y llegará un momento en que ya no podrás estar sin un libro.

—Algunos libros son un rollo.

—¡Oh, claro, eso es como todo! Hay unos libros mejores que otros; los hay inolvidables que eres capaz de releerlos varias veces y los hay aburridísimos. Pero eso no importa. si un libro no te gusta y te aburre, lo dejas y empiezas otro. A lo mejor el que has dejado no lo vuelves a leer, pero a veces, después de un tiempo, puede que años, lo empiezas de nuevo y esa vez te gusta.

—¿Y cómo te va a gustar la segunda vez que lo lees si el libro no ha cambiado, es el mismo? –preguntó Jordi.

—Efectivamente, el libro no cambia.

—¿Entonces?

—El que cambias eres tú. Y lo que ahora te parece aburrido, a lo mejor dentro de un tiempo, ya no te lo parece.

Jordi estaba encantado. Hablar con la abuela Caterina era algo sensacional. Hablaban de cosas de las que él nunca había hablado y la abuela le hacía sentirse mayor, lo escuchaba con atención y en ningún momento le hablaba como a un niño. Le habló de la familia, de la casa, de su madre cuando era niña... ¡De un montón de cosas! Y la tarde fue pasando hasta que llegó, sin darse cuenta, la hora de cenar.

Después de la cena, se sentaron nuevamente a charlar y al cabo de un rato, cuando terminó de fregar los platos, Maca llevó al salón una bandeja con un chocolate caliente y dos copitas de licor de arándanos.

—Esto es para ti –le dijo a Jordi dándole el chocolate–. Y esto, para nosotras, para «bajar la cena» –le dio una copita a Caterina y ella se bebió la otra de un tirón–. ¡Ahh, qué rico! Bueno, ¿de qué estaban hablando? –dijo mientras se acomodaba en el sofá.

Al poco rato, Maca dormía como un lirón. Caterina le quitó las zapatillas y entre los dos la tumbaron en el sofá.

—Será mejor que la despertemos para que se vaya a la cama –dijo Jordi.

—¡Oh, no! A Maca le gusta dormirse aquí y no quiere irse a la cama hasta que yo no me vaya.

—¡Es una tía genial!

—Sí que lo es. Empezó a trabajar en esta casa cuando era muy joven. Ahora es mi gran compañera. He intentado muchas veces convencerla de tener a otra persona que se ocupe de la casa y así ella descansaría de todo lo que ha trabajado y se dedicaría a disfrutar de la vida conmigo, en esta casa que ya es la suya, ¡pero nada!, no quiere que nadie entre aquí a organizar y desbaratar «lo suyo». Antes de irnos a dormir, quiero que busques en la biblioteca un libro para leer, así leeremos juntos un rato por las noches, a partir de mañana. Es una costumbre que llevo haciendo desde niña; lo hacía con mi padre, luego con tu abuelo y ahora, con la compañía de Maca, ¡bueno, de sus ronquidos!

Jordi se levantó y se dirigió a la biblioteca.

—Son ésos que no están colocados aún –le dijo Caterina señalándoselos–. Los he comprado para ti. No me he parado a buscar si quedaba algún libro para niños y he preferido comprarte algunos. Jordi los hojeó por encima, eligió uno y volvió a su asiento.

—¿Cuál has cogido?

—Éste –dijo Jordi mostrándoselo.

—*La isla del tesoro*. ¡Buen principio! A tu abuelo le encantaba este libro, por eso lo he comprado. ¿No crees que es curioso que hayas elegido precisamente éste? ¡Te pareces a tu abuelo más de lo que yo pensaba!

—¿Cómo era el abuelo Jordi, abuela?

—Era un genio.

—¿Un genio?

—Sí, un genio.

—¿Un genio, en un pueblo?

—Ja, ja, ja... –rio Caterina– ¡Puede haber genios en cualquier parte, Jordi! Tu abuelo era pintor, poeta, ¡hasta inventor! ¿No te ha hablado nunca tu madre de él?

—¡Oh, sí! Me ha contado que era un artista y que pintaba cuadros preciosos.

—La mayoría de los que ves colgados son suyos.

Jordi echó un vistazo a los cuadros de su abuelo y pensó que su madre tenía razón. Eran preciosos.

—Bueno, jovencito. Creo que ya es hora de acostarse –dijo Caterina mientras despertaba a Maca–. Vamos, Maca, despierta.

—Eh..., ¿qué pasa?

—Pasa que ya es hora de ir a la cama.

Maca se levantó, dio la buenas noches y se retiró.

—Jordi, hijo, hazme el favor de acompañarme a mi dormitorio, ¡me cuesta un poco subir las escaleras!

Jordi ayudó a su abuela a subir y cuando llegaron arriba, entraron en el dormitorio de Caterina.

—Ésta es mi habitación. ¿Te gusta?

—...

—¿Jordi? ¿Te ocurre algo?

—E...ese cuadro...

Ante sus ojos tenía la habitación más magnífica que había visto en su vida:

la majestuosa cama, los muebles, la biblioteca, la gran ventana desde la que se divisaba un paisaje de ensueño... Pero Jordi, en cuanto entró, se quedó clavado ante aquel cuadro. ¿Qué ocurría con ese cuadro que lo tenía como hipnotizado? Jordi no entendía lo que le estaba pasando, el cuadro lo había embrujado nada más entrar, había algo en él que... no sabía cómo explicarlo.

—¿Te gusta? –le preguntó Caterina– Tu abuelo lo pintó para mí.

—¿Eres tú la mujer del libro, abuela?

—Sí.

—¿Y el otro?

—Creo que ya es hora de dormir. Otro día hablaremos del cuadro –dijo Caterina–. Dame un beso de buenas noches.

Jordi obedeció, se fue a su habitación, se puso el pijama y se tumbó en la cama. Miró el cuadro de la niña montada a caballo, con la mirada en la grupa y de pronto pensó: «¿Qué es lo que miraráß». Sacó de la maleta su linterna, que siempre llevaba a los viajes, y se acercó al cuadro. Accionó la linterna y alumbró la grupa del caballo, justo en el punto en donde la niña miraba y, de repente, dio un salto hacia atrás y pegó un grito.

—¿Todo bien? –oyó a su abuela desde el piso de abajo.

—Sí, abuela –gritó.

—Que descanses, hijo.

Jordi sentía que el corazón le iba a estallar, sus latidos iban a toda velocidad y los notaba por todo el cuerpo. ¡Era él, el mismo del otro cuadro pero más pequeño, sólo se podía ver fijándose mucho, montado en la grupa! Los dos cuadros... Recordó que el de la niña a caballo también le había impactado nada más verlo, aunque no tanto como el del dormitorio de su abuela. Era la misma sensación. Intentó calmarse pero no podía. Aquellos dos cuadros le habían sobrecogido y, pensando en ellos, acabó durmiéndose.

Caterina también tardó en conciliar el sueño. Cuando Jordi dio aquel grito de sobresalto, Caterina sonrió y miró el cuadro de su dormitorio: una mujer, ella misma mucho más joven, sentada en un sillón y con un libro en las manos, leyendo con una ligera sonrisa en los labios, frente a una chimenea encendida y a sus pies, también sentado y contando con sus dedos unas bolitas que bien pudieran ser garbanzos, un ser misterioso, como de otro mundo, un ser mágico muy pequeño le acompañaba en su lectura.

—En cuanto lo vi, me di cuenta –dijo Caterina en voz alta mirando el cuadro–. Ya lo ha sentido. ¡Y el mismo día que ha venido! Es como su abuelo y como yo. ¡Es de los nuestros!

Capítulo

5

De pronto, Jordi se despertó sobresaltado. Estaba sudando y el corazón le latía con fuerza. Miró su reloj: las tres. Había tenido una pesadilla. No recordaba exactamente lo que en ella sucedía pero, justo antes de despertarse, sí se acordaba de que sintió como unas fuertes cosquillas en los pies seguidas de una horrible sensación de ahogo, como si le hubiesen tapado la nariz para impedirle respirar bien. Trató de calmarse y se acurrucó en la cama a la espera de conciliar de nuevo el sueño. No tardó en dormirse, pero a las dos horas se volvió a despertar. Esta vez no fue ninguna pesadilla, sino un inesperado sonido. Jordi se restregó los ojos y se irguió para despejarse, quería estar seguro de que no estaba soñando y pretendía identificar aquel sonido. Enseguida lo averiguó, era una música, una melodía desconocida; y el instrumento utilizado parecía una flauta, pero no sonaba como la que él tenía para la clase de música, sino que el sonido era mucho más dulce, o más suave, o más bajo, ¡la verdad es que no sabía explicarlo! Trató de buscar el lugar de donde procedía pero no podía, sonaba en toda la habitación por igual. Jordi estaba muy aturdido y asustado; él era bastante miedoso, sobre todo con la oscuridad, por eso siempre dormía con la luz del baño encendida. La abuela Caterina también había dejado una luz encendida y la puerta abierta para que no pasara miedo. De repente, la música dejó de sonar. Jordi se quedó quieto, expectante y, al cabo de unos segundos y al ver que nada sucedía, se recostó de nuevo y pensó que lo mejor era intentar dormirse. Y así lo hizo hasta que la voz de Maca lo despertó:

—¡Arriba, que ya son las diez!

—Uahhh... Buenos días, Maca.

—¡Buenos días! ¿Qué tal has dormido?

—Oh, bien, bien –contestó Jordi. No quería contarle nada a Maca–. ¿Se ha levantado ya la abuela?

—Sííííí... ¡Tu abuela se levanta todos los días a las ocho!

—¿También los domingos?

—También. ¡Ahora, vamos, date una ducha, vístete y baja a desayunar!

Jordi se levantó y buscó su maleta.

—¿Dónde está mi maleta?

—Tu maleta está guardada en el armario, ¡que la he visto! Por cierto, has ordenado la ropa y todas tus cosas de maravilla. ¡Eres un chico muy ordenado!

—Ja, ja, ja... ¡Qué bromista eres! Gracias por hacerlo, Maca, pero no hacía falta que te molestases, lo iba a ordenar yo hoy por la mañana.

—¡Creo que has dormido demasiado bien! ¡No te acuerdas ni de lo que hiciste ayer! –dijo Maca y ya iba a salir del dormitorio cuando Jordi la cogió del brazo.

—Espera un momento, Maca. Bromas aparte, tú has sacado mis cosas de la maleta y me lo has ordenado todo, ¿verdad?

—¡Que no, chiquillo!

—Pues, habrá sido mi abuela...

Maca se encogió de hombros y salió de la habitación. Jordi se aseó, se vistió y bajó a desayunar.

—Buenos días, abuela –dijo al entrar en el salón. Caterina estaba sentada en la mesa leyendo el periódico.

—¡Buenos días, Jordi! –contestó Caterina y dejó la lectura– ¿Qué tal has dormido?

—Bien.

Maca apareció con el desayuno y fue sirviendo: panecillos calientes, bollos rellenos de chocolate, galletas, mermeladas, chocolate caliente, café... ¡A Jordi se le hizo la boca agua!

—¡Vaya desayuno! –exclamó.

—¡Come hasta hartarte! –le dijo Maca– ¡Que estás en edad de crecer!

—Gracias, Maca –dijo Caterina–. Todo este festín lo ha preparado por ti, Jordi, porque Maca y yo comemos poco, para guardar la línea, ¿verdad Maca?

—¡Menuda línea! ¡Si cada día estoy más gorda! No lo entiendo porque comer lo que se dice comer, como poco...

—Comes poco pero picas mucho, ya lo sabes. ¿Cuántas galletas te has comido ya mientras preparabas el desayuno?

—Sólo dos o tres. Bueno, dejemos el tema y desayunemos.

Jordi «se puso las botas», bueno, Jordi y Maca, porque prácticamente entre los dos acabaron con todo el desayuno. Mientras desayunaban, hicieron los planes del día.

—Hoy, por la mañana, daremos un paseo por el pueblo para que lo conozcas bien, así luego podrás salir tú solo cuando te apetezca. El centro del pueblo no tiene pérdida pero también pasearemos por el bosque que está detrás de nuestra casa para que te orientes –le explicaba Caterina–. Por la tarde, harás un poco de deber y después podrás corretear por ahí, ¿qué te parece?

—Oh, muy bien, abuela.

—Por la tarde, puedes acompañarme a comprar, si quieres –le dijo Maca.

—¿A dónde?

—Aquí, en el pueblo, a comprar comida en la tienda y luego, a recoger algunas verduras en casa de la Encarna.

—¿Quién es Encarna?

—Es una vecina que tiene un gran huerto y siempre nos regala lechugas, tomates, zanahorias... ¡De todo!

—¡Oh, me encanta la idea, Maca! Nunca he estado en un huerto.

Jordi se sentía muy bien en aquella casa, con su abuela Caterina y con Maca. No llevaba ni un día entero y, sin embargo, le parecía que estaba allí desde hacía mucho más tiempo. Todo era tan distinto a como él se lo había imaginado… ¡Y pensar que en Madrid le horrorizaba la idea de pasar ahí una semana!

—¿Sabes, abuela? Estoy muy contento de estar aquí.

—Me alegro mucho, hijo.

—Es que… yo no quería venir.

—Lo sé, tu madre me lo contó. Pero las dos pensamos que en cuanto vinieses, ibas a cambiar de idea. Y así ha sido. Ésta también es tu casa, Jordi. Y podrás volver siempre que quieras.

—Abuela, anoche… ¿Tú oíste algo?

—¿Algo como qué?

—Una música… Una flauta.

—Yo no oí nada. Sería un sueño, a veces sueñas intensamente, tanto que parece real.

—Tuve una pesadilla pero no la recuerdo. Sólo sé que sentí unas fuertes cosquillas en los pies y luego, como si me tapasen la nariz.Después me volví a dormir y me desperté otra vez al oír una flauta. ¡Pero estaba despierto, abuela! ¡La segunda vez no estaba soñando!

—¿Estás seguro?

—¡Sí! Bueno, seguro, seguro... No sé qué pensar, estoy hecho un lío.

—Olvídalo, ya pertenece al pasado.

—¿Cómo dices?

—Lo pasado, pasado está. Una mala noche la tiene cualquiera. ¡Levantémonos y preparémonos para nuestro paseo!

Jordi y Caterina salieron a pasear por Canell. El pueblo le pareció entrañable, todo el mundo les saludaba al pasar. Caterina le iba presentando a todos los vecinos y éstos le invitaban a sus casas para tomar algo. Al final del recorrido por las casas, Jordi llevaba la tripa más hinchada que nunca, ¡por lo menos se había bebido dos litros entre coca-colas y otros refrescos!

Antes de ir al bosque, Caterina llevó a Jordi a la iglesia del pueblo. Era una iglesia de piedra y, cuando entraron en ella, Jordi se quedó fascinado. Él no había visto nunca una iglesia como ésa y le pareció como si entrara en otra época porque, al contrario que otras que habían sido reformadas, la de Canell estaba tal y como se construyó y debía de haber sido hacía mucho, mucho tiempo... ¡Tan sencilla y tan antigua! ¡Tan auténtica!

—¿Te gusta? –le preguntó Caterina en voz baja, una vez dentro.

—Es preciosa, abuela.

—Se construyó en el siglo quince y ha permanecido prácticamente intacta, pocas cosas han sido renovadas como ves.

Jordi asintió mientras iba observandolo todo con detalle. Al rato, salieron al exterior y se encaminaron hacia el bosque.

El paseo fue magnífico. Caterina le iba indicando el camino que debía coger para no perderse. Jordi estaba radiante y el paisaje les envolvía por completo. Paseaban tranquilamente mientras charlaban y reían. Jordi disfrutó un montón cuando, al llegar a un manantial, él y Caterina se descalzaron y juguetearon con los pies en el agua. Así transcurrió el tiempo y llegó la hora de volver a casa para comer.

Por la tarde, Jordi acompañó a Maca a comprar. Estaba encantado, ¡todo el mundo le saludaba al pasar! Después de comprar en la tienda de ultramarinos del pueblo, Maca y Jordi fueron a casa de la vecina que les iba a dar las verduras.

—Ahí está –dijo Maca y Jordi vio a pocos metros a una anciana que les esperaba con una caja en la que sobresalían hojas de lechuga y de zanahorias.

—¿Ésa es Encarna, Maca?

—Sí.

—Es muy generosa al regalaros las verduras.

—La Encarna quiere mucho a tu abuela. Lo hace como agradecimiento.

—¿Como agradecimiento?

—Sí. Su marido trabajó muchos años para tu familia, hacía de todo: de fontanero, de electricista, de albañil...

¡Era un «manitas»! Pero el pobre hombre perdió una mano, se la llevó un tren. Sin embargo, tu abuela le siguió dando trabajo y él hacía lo que podía, que era poco, pero se sintió útil hasta que murió.

—La abuela es una mujer muy buena.

—Sí lo es, sí. Debes estar orgulloso de ella.

¡Encarna no les dejaba irse! Era una mujer alegre y simpática que, al decirle Maca que Jordi era el nieto de Caterina, se puso contentísima. Le enseñó a Jordi el huerto y le fue explicando minuciosamente todo lo que en él crecía, cómo y cuándo había que plantarlo, etcétera. Después, ¡por supuesto!, no podían irse sin merendar y Encarna les preparó una suculenta merienda a base de tortas con canela y dulce de leche que, con un vaso de leche y unos cafés para ellas, les supo «a gloria». Cuando ya empezaba a anochecer, se despidieron de Encarna y ésta invitó a Jordi a volver a su casa cuando quisiese.

De regreso a casa, Jordi y Maca caminaban contentos, hablando y riendo, cuando de pronto, al pasar por una vieja casa de piedra, una anciana se interpuso en su camino y, mirando a Jordi a los ojos, exclamó:

—*¡El follet és un esperit que va amb el vent!*[1]

Jordi se quedó quieto, sin saber qué decir, no había entendido nada.

—¡Vamos, Jordi! ¡No hagas caso! –le

(1) El duende es un espíritu que va con el viento.

dijo Maca– ¡Vete, mujer, y no asustes al chiquillo!

La mujer entró en su casa y ellos siguieron su camino.

—¿Qué ha dicho esa mujer, Maca?

—¡Tonterías!

—¡Dímelo, Maca, por favor!

—Habla del follet y algo sobre un espíritu del viento... ¡Es una vieja supersticiosa!

—Supers.... ¿qué?

—Que cree en cosas extrañas, en viejas historias y leyendas. Eso es muy común en los pueblos... ¡No hagas ni caso!

Después de cenar, Jordi empezó a leer *La isla del tesoro*. Caterina también leía y ya había pasado unas cuantas páginas de su libro cuando Jordi, que no había pasado de las dos primeras líneas del suyo, la interrumpió:

—Abuela, ¿qué es un follet?

Caterina levantó la cabeza y miró sorprendida a su nieto.

—¿Quién te ha hablado de eso?

—Esta tarde, cuando volvíamos a casa, una mujer nos ha parado y nos ha dicho en catalán algo sobre un follet y un espíritu del viento.

—¡Ah, es la Carme! ¡No te preocupes! Se inventa historias y está siempre desvariando. No hay que hacerle caso.

—Pero no me has contestado a la pregunta.

—¿Qué pregunta?

—Que qué es un follet.

Caterina suspiró y dejó su libro sobre la mesa.

—Muy bien, te contestaré –empezó–. Un follet es un ser mágico, una especie de duende o geniecillo. Cada lugar tiene el suyo propio. Aquí, en Girona, en el Alto Ampurdán, vive el follet.

—Pero, abuela, ¡los duendes no existen!

—¿Sabes?, hay un famoso dicho que se refiere a estos seres mágicos que dice: «No hay que creer que existen, pero nunca digas que no existen»

—¡Qué tontería! ¡Está claro que esos seres sólo salen en los cuentos!

—Está bien, está bien… Tú puedes creer lo que quieras pero tienes que aprender a respetar las costumbres de los pueblos y eso incluye sus historias, leyendas, supersticiones y también sus temores. En esta tierra, existe la creencia de que cada familia tiene su propio follet, que les protege y les cuida la casa cuando se ausentan.

—¡Oh, es increíble! ¿Y qué es eso de un espíritu del viento?

—Hay gente que cree que el follet es un mal espíritu, un espíritu del viento, pero son pocos los que lo creen así; lo cierto es que no es verdad, el follet es amistoso, lo que pasa es que hay que saber tratarlo y ¡aguantar sus bromas y sus travesuras!

—Pero abuela, ¿tú crees que existen de verdad? –le preguntó Jordi sorprendido.

—Ejem… Yo sólo te cuento lo que se dice –dijo y cogió de nuevo el libro que estaba leyendo.

***

Jordi dormía plácidamente cuando, de pronto, una extraña sensación en los pies lo despertó.

—¿Qué… qué está pasando? Mis pies… –exclamó en voz alta– ¡Otra vez la pesadilla!

Pensó que, nuevamente, había sido un sueño pero, cuando encendió la luz y se miró las plantas de los pies, pegó un grito que se debió oír en toda la casa. Sin embargo, nadie acudió. Caterina y Maca debían dormir profundamente. Jordi intentó reponerse del primer susto y volvió a mirarse las plantas de los pies pero ya no gritó, sino que se quedó mirándolas con los ojos como platos. No podía creer lo que estaba viendo: las plantas de sus pies tenían marcas de rasguños en la piel. Se tocó y sintió incluso que todavía le dolían, ¡tenía los pies ardiendo! Jordi se restregó los ojos y se levantó de un salto. No, no estaba soñando. Miró el reloj: las dos. No sabía qué hacer y empezó a dar vueltas por la habitación. Al poco rato, decidió acostarse de nuevo e intentar dormir, ¡pero con la luz encendida, claro! Lo intentó, sí, pero no podía. Empezó a contar ovejas, ¡el viejo truco para dormirse! y, cuando iba por la oveja sesenta, oyó de pronto la misma música de la noche anterior, la misma flauta. Jordi no esperó ni un segundo, saltó de la cama, salió precipitadamente de su dormitorio, bajó veloz las escaleras y se metió en la habitación de su abuela.

—A... abuela, despierta, por favor –le suplicó mientras la zarandeaba.

—Qué... cómo... –Caterina abrió los ojos y vio a Jordi– ¿Qué sucede, hijo? ¿Por qué lloras?

—Snif... Estoy muy asustado, abuela. Me ha pasado algo muy raro y... snif.

—Vamos, cálmate –dijo Caterina y se irguió–. Ahora, cuéntame qué es lo que te ha pasado.

Jordi le contó todo lo sucedido y la extraña coincidencia con lo ocurrido la noche anterior.

—Hay cosas que no se pueden explicar fácilmente, Jordi. Debes tener paciencia. Ya lo irás descubriendo. Lo que te ha sucedido es... cómo te diría... es el inicio de un encuentro.

—¿De qué me hablas, abuela? ¡No entiendo nada de lo que me dices!

—No te preocupes. Pero tienes que tener paciencia y, sobre todo, tienes que confiar en mí. No hagas preguntas y confía en mí.

Jordi estaba asustado e intrigado pero poco a poco, se fue tranquilizando. Se dio cuenta de que su abuela le estaba hablando muy en serio, como a un adulto, y eso le fue dando confianza.

—¿Puedo preguntarte sólo una cosa, abuela?

—No. Esta noche, no... Hay algo más que quiero pedirte. Requiere un enorme esfuerzo por tu parte, un esfuerzo mental. Te costará, pero es importante que te lo propongas y más aún que lo consigas.

—¿E... es muy difícil de conseguir?

—En este caso, sí. Pero puedes hacerlo.

—¿Qué es, abuela?

—Tienes que vencer al miedo.

—¿Miedo? ¿Miedo a qué?

—A todo lo que veas, oigas y sientas por las noches.

Jordi se mantuvo un rato callado y pensativo. Después, sonrió y dio a su abuela un beso en la mejilla. No dijo nada más, se fue a su dormitorio, se metió en la cama y, en un alarde de valentía, apagó la luz. De pronto, oyó de nuevo la flauta. Encendió la luz y la música cesó. Jordi miró a su alrededor pero no vio nada extraño. Volvió a apagar la luz y la música se oyó nuevamente. Jordi pensó en lo que le había dicho Caterina y sonrió feliz. No sabía de qué se trataba pero sintió que estaba a punto de vivir la experiencia más apasionante de toda su vida.

—¡Descarado! –exclamó Caterina sonriendo tumbada en su cama– ¿No crees que vas demasiado rápido? Ya sé que te encantan los niños, pero dale tiempo.

Capítulo 6

Cuando Jordi bajó a desayunar a la mañana siguiente, se encontró a Caterina y a Maca hablando y notó que Maca estaba muy exaltada, ¡parecía discutir con la abuela! Al hacer Jordi su aparición, las dos mujeres se callaron y Maca se fue a la cocina.

—Buenos días, abuela. ¿Qué le pasa a Maca que está tan nerviosa? –preguntó mientras se sentaba a la mesa.

—Buenos días, hijo... ¿Maca? Oh, nada serio... Ha pasado mala noche. Eso es todo.

Maca regresó, con cara de pocos amigos, le dio los buenos días a Jordi y se sentó a desayunar. Estaba muy seria y apenas comió. Jordi pensó que una mala noche no te pone de ese mal humor, sobre todo a alguien tan alegre como Maca, pero Jordi no se atrevió a hablar del tema. La abuela actuaba como si nada y él hizo lo mismo.

—¡Hoy visitaremos algunos pueblos medievales! ¿Te apetece, Jordi? –le preguntó Caterina.

—¡Oh, sí, mucho!

—Hay que hacer bastantes kilómetros en coche, nos llevará todo el día. Llevaremos bocadillos y refrescos y pasaremos un día estupendo, ¿verdad Maca?

—Sí.

—¡Vamos, Maca, alegra esa cara! –le dijo Caterina y Maca esbozó una forzada sonrisa.

La excursión por pueblos medievales fue magnífica. Lo pasaron en grande. Maca se fue alegrando poco a poco, aunque no del todo. Jordi quería preguntarle qué es lo que le pasaba para estar así tan seria, pero como no quería hacerlo delante de su abuela, tuvo que esperar a llegar a casa.

Después de hacer sus deberes, Jordi fue a la cocina a ver a Maca que estaba haciendo la cena.

—¿Ya has terminado tus tareas? –le preguntó Maca cuando lo vio entrar en la cocina.

—Sí.

—¡Chiquillo, qué rápido!

—Hoy he hecho menos. Estoy tan cansado... ¡Ha sido una excursión fantástica! ¿Verdad, Maca?

—Lo has pasado bien, ¿eh?

—¡Fenomenal! Ejem... ¿Por qué estabas tan enfadada esta mañana, Maca?

—No estaba enfadada, sólo un poco disgustada pero ya se me ha pasado.

—Y, ¿por qué estabas disgustada?

—¡Porque anoche no me dejó pegar ojo! –empezó a desahogarse Maca– ¡No paró de darme pellizcos en el trasero! ¡Menudos cardenales me ha dejado! ¡Y no hablemos de las cosquillas en los pies, con esas uñas que tiene el *condenao!* Y luego, ¡dale que dale con taparme la nariz para despertarme! ¡Y todo porque anoche dejé algunos platos sin lavar! ¡Con esa manía que tiene por el orden y por el trabajo! ¡No te permite ni siquiera un día hacer un poco el vago! ¡Es un desagradecido! ¡Después del cuenco con leche y miel que le dejé anoche en la encimera!

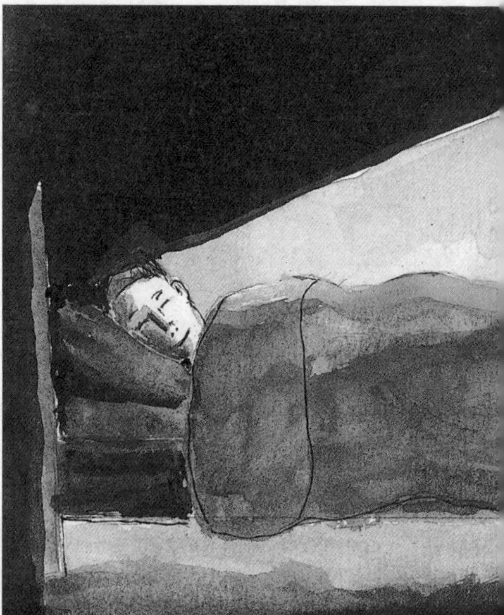

Jordi estaba atónito. Al oír lo de las cosquillas en los pies y el tapado de nariz, el corazón empezó a latirle a una velocidad de rayo.

—Pero, Maca... ¡A mí también me ha ocurrido lo mismo!

—¿Ah, sí?

—¡Sí, lo de las cosquillas en los pies y lo de la nariz!

—¡Dios Santo, pues pronto empieza a darte la lata!

—Pero, ¿quién, Maca? ¿Quién hace esas cosas?

—Pues quién va a ser. ¿Es que no te lo ha dicho tu abuela?

—No. ¿Qué tenía que decirme?

—¡Oh, entonces, olvídalo!

—¡Maca, por favor! ¡Dímelo! ¿Por qué no quieres contármelo ahora?

—Creo que he metido la pata hablándote de esto, Jordi. Si tu abuela no quiere que lo sepas...

—¡Por favor, no diré nada!

—Mmmm... Está bien, de todas formas te ibas a acabar enterando. Pero no le digas a tu abuela ni una palabra de est...

—¿Quién lo hace, Maca? ¿Quién hace cosquillas en los pies, tapa la nariz y da pellizcos?

—Pues, el follet.

—¿Cómo dices? –preguntó incrédulo Jordi. Estaba perplejo ante lo que acababa de oír– ¿Un follet?

—Sí, el follet que vive en esta casa, nuestro follet.

—Pero, ¿tú estás segura de lo que dices, Maca?

—Pues claro, chiquillo.

—¿Quieres que me crea que el que nos molesta por las noches es un duende?

—No es un duende, es un follet.

—¡Bueno, es lo mismo!

—Más o menos, pero éste es un follet. ¡No le llames duende que no le gusta!

Jordi estaba tan aturdido que ya no sabía ni qué decir. Le hubiese gustado convencer a Maca de que eso era imposible, que los duendes, o follets, o como se llamen, no existen pero...

—Tú no le hagas ni caso –le dijo Maca–. Y sobre todo, no hagas mucho el vago, que no le gusta, el follet adora el trabajo y el orden. Y si ves que te da mucho la lata, me lo dices y te daré unos cuantos garbanzos para que los desparrames por el suelo, como es tan maniático con el orden, se entretendrá recogiéndolos y contándolos, ¡y como siempre se le caen por el agujero que tiene en la mano, no parará de recoger y contar! Pero no creas, es muy astuto, como sabe que me da pena que trabaje tanto, se esconde para que le recoja yo los garbanzos y los vuelva a guardar. ¡Para que luego me haga lo de anoche! ¡Es un desagradecido!

—¿Cómo es él, Maca? –preguntó Jordi siguiendole la corriente a Maca.

—No lo sé.

—Pero, lo has visto, ¿no?

—No. Yo nunca lo he visto. Todo lo que sé de él es por lo que me cuenta tu abuela. Pero yo no le he visto.

—¿Cómo es posible que no lo hayas visto?

—Porque no todo el mundo puede verlos. Son muy pocos los que pueden.

—¿La abuela puede ver al follet?

—Sí, tu abuela sí. Y tu abuelo también lo veía.

Durante la cena, Jordi apenas habló. Estaba «en las nubes». Caterina y Maca, sin embargo, no pararon de hablar sobre lo que habían hecho ese día.

—¡Mañana iremos a la playa! –exclamó Caterina.

—Qué bien –dijo Jordi.

—¿Te pasa algo, hijo? –le preguntó Caterina– Te veo muy callado y un poco pálido. ¿No tienes hambre?

—No mucha. Pero estoy bien, abuela. Un poco cansado.

—No me extraña. Yo también. Creo que hoy no voy a leer y me voy a ir a dormir enseguida.

—¡Buena idea! –exclamó Maca.

Jordi acompañó a Caterina a su habitación y le dio un beso de buenas noches.

—Abuela –dijo Jordi ya en la puerta antes de irse a su dormitorio–, ¿sacaste tú mi ropa de la maleta y la pusiste en el armario?

—Yo no. Habrá sido Maca.

Jordi sintió un escalofrío por todo el cuerpo.

—Sí, habrá sido Maca entonces... Buenas noches, abuela.

—Buenas noches, Jordi.

Capítulo 7

Los días pasaban rápido. Jordi fue a la playa y allí se lo pasaron estupendamente. Aprovechando que hacía buen tiempo (algo que no siempre ocurría por esas fechas), se bañaron y tomaron el sol. Otros días, fueron de excursión a distintos lugares interesantes, hicieron mucho turismo por la zona. Jordi podía volver a Madrid seguro de haber conocido a fondo el Ampurdán. También fueron un día a Girona ciudad y disfrutaron de lo lindo.

Por las tardes, Jordi hacía sus deberes y luego se quedaba merodeando por la casa o por el pueblo. Y por las noches... ¡Cada noche era una sorpresa! Aparte de las cosquillas en los pies, el tapado de nariz y el sonido de la flauta, Jordi tuvo que aguantar otras cosas, como que le quitaran de golpe la manta que le cubría, o la almohada, o levantarse con el pelo lleno de nudos como si hubiesen jugado con sus cabellos. Y eso sin contar la tanda de ruidos y estruendos que oía: golpes procedentes del tejado como si saltasen encima, en la cocina utensilios que caían al suelo y otros sin identificar. Y para colmo, Caterina y Maca no hablaban del asunto y cuando Jordi lo sacaba a relucir, las dos mujeres no le hacían ni caso y cambiaban de tema. No obstante, aquella noche Jordi habló con Caterina...

—¿Cuándo vienen papá y mamá, abuela?

—Pasado mañana. Llegarán temprano, como a las ocho, y os iréis seguidamente a Madrid.

—¡Qué rápido se me ha pasado, abuela! Me da tanta pena irme.

—¡Volverás muy pronto! ¡Ya lo verás!

—¿Podría volver en verano?

—¡Claro que sí! Hablaremos con tus padres.

—Abuela, sólo queda un día y... hay algo de lo que me gustaría hablar contigo.

—Muy bien, te escucho.

—Todas esas cosas que me suceden por las noches... ¿Es un follet el que las provoca?

—¡Ya se fue Maca de la lengua!

—¡Oh, no, Maca no me ha dicho nada!

—Mientes tan mal como tu madre, se os nota en la cara –dijo Caterina y Jordi se ruborizó–. Te dije que tuvieses paciencia y que confiases en mí, esperando que enseguida lo descubrieses pero va más lento de lo que yo pensaba, o quizás... ¡Oh, no creo, no!

—¿Qué?

—Pensaba que quizás tú no seas de los nuestros... Cuando yo era niña –comenzó a contarle Caterina–, vivía en esta casa, mi dormitorio era el tuyo ahora. Antes habían vivido mis abuelos con sus dos hijos: mi padre y su hermano, el tío Lluis. Después, cuando los abuelos murieron, mi padre se quedó a vivir aquí, se casó con mi madre y, al cabo de dos años, nací yo.

—¿Y el tío Lluis?

—El tío Lluis se pasó toda su vida viajando, ¡era todo un aventurero!, no tenía casa fija pero siempre que regresaba, venía aquí. Mis padres lo adoraban y les gustaba tenerlo en casa el mayor tiempo posible, pero él se iba en cuanto le surgía otro de sus viajes. Lo único que lamentaba cuando se iba, era alejarse de mí. ¡Me quería como a una hija! Él se casó dos veces pero no tuvo hijos. Entre sus muchas aficiones, estaba la de pintor, el cuadro que hay en tu dormitorio lo pintó él. ¡Qué gratos recuerdos guardo del tío Lluis! Me enseñó tantas cosas... El tío Lluis se dio cuenta enseguida de que yo era como él, que podía verlo, y tenía razón. Yo le contaba, como tú, todas las cosas extrañas que me sucedían por las noches, él siempre me decía que tuviese paciencia y un día lo vi... Y hasta hoy.

—Abuela, ¿qué es un follet?

—Como te dije, es un ser mágico.

—¿Un duende?

—Un duende, un geniecillo... La gente lo denomina de muchas maneras.

—Es que... No puedo creer que...

—¡Oh, es normal que no creas en ello! Estos seres pertenecen a los cuentos de hadas, a la fantasía, siempre ha sido así. Yo no intento convencerte de nada pero te seré franca, Jordi, aquí en esta masía vive un follet. No sé desde cuando porque el tío Lluis lo vio por primera vez cuando era niño y nunca supo el tiempo que llevaba en la casa anteriormente. Yo creo en él porque lo he visto. Al principio, lo contaba y se reían pensaban que tenía mucha imaginación pero, con el paso del tiempo, me encontré con otras personas que también aseguraban haber visto a algún ser mágico: hadas, trasgos, el Gos Nunell, pesantas, dones d'aigua, y todas esas personas decían lo mismo: que el resto no les creía. Yo misma llegué a pensar que no eran más que imaginaciones mías pero un día, hablé con alguien que me confesó tener en su casa un follet y entonces ya no me cupo la menor duda de que no eran imaginaciones.

—¿Por qué lo pensaste? ¿Qué te dijo esa persona para convencerte, abuela?

—Me lo describió de pies a cabeza... Eran iguales, Jordi. Su follet y el mío eran iguales. Era la primera vez que encontraba a alguien que había tenido la misma experiencia pero aquella mujer me dijo que ella había hablado con varias personas que la habían tenido igualmente, ¡y todas las descripciones coincidían! ¡Incluso un holandés que veraneaba en una masía en Girona, se llevó con él a Holanda al follet de la casa! Esa mujer oyó los rumores y le siguió la pista. Le escribió a Holanda pidiéndole la descripción de su follet y también coincidía con el resto.

—¿Cómo es, abuela? ¿Cómo es el follet?

—No pienso decírtelo. Lo verás... Eso espero al menos.

—¿El abuelo Jordi lo vio?

—Sí, él también lo veía.

—Lo veía mientras pintaba el cuadro del dormitorio, lo mismo que lo veía el tío Lluis en la grupa del caballo mientras pintaba otro cuadro... Es él, ¿verdad, abuela? La primera vez que vi esos dos cuadros sentí algo muy raro dentro de mí, no sabía explicarme qué era porque no me había ocurrido algo así jamás. Ese ser misterioso del cuadro del dormitorio me dejó totalmente impresionado, pero la impresión fue aún más fuerte cuando comprobé con mi linterna que lo que mirabas tú de niña en la grupa de aquel caballo era un ser exactamente igual que el otro pero de un tamaño tan pequeño, que costaba adivinarlo. Ahora veo que los dos son el mismo, ¡es el follet! Sin embargo, necesito verlo para creerlo, abuela. ¡Tengo que verlo como sea!

—¡Eh, tranquilo, tranquilo! Lo verás cuando él quiera. No lo olvides. Y ha de ser de noche, nunca de día.

—¡Pero sólo me quedan dos noches, abuela!

—Tienes razón... Está tardando mucho...

Aquella noche Jordi no pegó ojo. No vio al follet y, peor aún, no sucedió nada de nada, ni cosquillas, ni flauta... Nada. Se había pasado la noche esperando alguna señal del duende, incluso lo llamó varias veces y le pidió que se mostrase, pero todo fue inútil. Cuando estaba a punto de amanecer, Jordi rompió a llorar desconsoladamente y cayó en un profundo sueño.

Caterina le dejó dormir hasta muy tarde...

—¡Arriba, arriba! –le gritaba Maca mientras lo zarandeaba.

—¿Qué hora es? –preguntó Jordi después de desperezarse.

—¿Que qué hora es? ¡Las dos! ¡Ya está la comida preparada!

—¡Las dos! ¡Qué tarde es! –exclamó Jordi. Se levantó rápidamente y se vistió como un rayo– ¡Sólo me queda una noche! –decía mientras se vestía– ¡Sólo tengo esta noche! Pero antes, tengo que hacer algo... De esta noche no pasa... Tengo que verlo esta noche...

—Pero, ¿de qué estás hablando, chiquillo? ¡Tanta noche, tanta noche! O yo soy muy burra, o tú aún no te has despertado del todo... ¡No entiendo nada de lo que dices!

—Olvídalo, Maca. Vamos a comer, ¡huele que alimenta!

—Pues la verdad es que sí. ¡Sí que huele bien! ¡Hoy me he lucido, sí señor! –y bajaron al comedor donde Caterina los esperaba.

Capítulo

8

Jordi comió más rápido que nunca y, cuando acabó, pidió si podía levantarse de la mesa.

—¿Por qué tantas prisas, Jordi? –preguntó Caterina.

—Es que... como sólo me queda un día, quiero aprovecharlo al máximo.

—¿Y qué es lo que tienes previsto hacer hoy?

—Voy a dar una última vuelta por el pueblo y también iré al bosque... ¿Puedo irme ya, abuela?

—Está bien, está bien –Jordi se levantó y salió corriendo de la casa–. ¡Y que te diviertas! –le gritó Caterina– ¿Qué tramará?

—¡A saber! –exclamó Maca. Y siguieron comiendo.

En pocos minutos, Jordi llegó a casa de Carme, la anciana que se les cruzó en el camino el día que fue de compras con Maca. Estaba un poco asustado pero había tomado la decisión y no iba a dar marcha atrás. Golpeó la aldaba de la puerta, una vez, dos veces, tres... y a la cuarta, la puerta cedió y se abrió. Jordi asomó la cabeza y no vio nada porque estaba bastante oscuro. No pudo evitar sentir cierto temor, estaba asustado. No parecía haber nadie y, cuando ya iba a cerrar la puerta de nuevo, oyó una voz:

—Pasa, *nen*.[1]

Un escalofrío le corrió de pies a cabeza. Se quedó un instante quieto e indeciso pero al poco, reaccionó y entró en la vivienda. Una vez dentro,

---

(1) Pasa, niño.

anduvo unos pasos y vio con la poca luz que entraba por la puerta, a la mujer sentada en un viejo sillón, acariciando un gato que ronroneaba en su regazo. De pronto, la mujer alargó el brazo y encendió una lámpara que había en una mesa camilla al lado del sillón.

—Bu... buenas tardes –dijo Jordi–. Soy Jordi, el ni...

—El nieto de la Caterina, el de la capital, ¡ya sé quién eres!

—Oh, bueno..., pues..., yo venía...

—¡Vamos, habla de una vez, yo no me como a nadie!

Jordi respiró profundamente (su padre le había aconsejado que lo hiciese siempre que estuviese demasiado nervioso o asustado), tragó saliva y habló:

—He venido a que me hable del follet.

La anciana pareció no sorprenderse, incluso parecía estar esperandolo. Sonrió y le invitó a sentarse.

—¿Ya lo has visto? –le preguntó sin dejar de acariciar al gato.

—No. Pero quiero verlo. Esta noche. No tengo más tiempo, mañana por la mañana regreso a Madrid.

—Lo verás cuando él quiera. A lo mejor, si vuelves en otra ocasión...

—¿Qué puedo hacer para verlo? ¿Hay algo que pueda hacer, algún truco, algo que él espera que haga?

—No tienes que hacer nada. Para ver un ser mágico, basta con tener el corazón limpio, libre de malos pensamientos, y ser bondadoso. A veces, es suficiente con ser niño.

—Por las noches, me ocurren sucesos extraños...

—¿Cosquillas en los pies, te tapa la nariz, te quita la manta, te da pellizcos?

—Sí.

—¡Ja, ja! ¡Es un bromista! Al follet le gustan las bromas, hacer travesuras pero, si no le molestas y respetas sus manías, será bueno contigo, bueno y leal. Pero, si no... *Un esperit que va amb el vent.*[1]

Jordi notó que el tono de voz de la anciana se iba dulcificando y empezó a sentirse cómodo y a gusto con la conversación. Para colmo, Carme preparó café que tomaron con unas pastas deliciosas.

—Hace muchos, muchos años –le empezó a contar la anciana–, existieron unos seres que se llamaban Silvanos. Éstos se casaron con unas hadas y de la unión, nacieron los follets. Entonces vivían en dólmenes.

—¿Dólmenes?

—Sí, monumentos de piedra maciza en forma de mesa. En el Alto Ampurdán abundan. Por eso se establecieron aquí. Su origen está en los bosques, como la mayoría de estos seres. Aman la naturaleza: los árboles, los ríos, los

---

(1)Un espíritu que va con el viento.

animales... Les gusta divertirse y sobre todo, bailar: bailan en los tejados, en los desvanes y en las cocinas; les gustan los dulces y la leche; adoran a los niños, la música y, al follet más que a ningún otro ser mágico, le obsesiona el orden y el trabajo, ¡siempre tiene que estar haciendo algo y siempre te pide trabajar!

—¿Qué es lo que les molesta? –preguntó Jordi.

—¡Oh, hay muchas cosas que no les gustan! No les gusta el mar, odian la sal, aunque adoran los ríos; les molestan las campanadas de la iglesia; les dan miedo las armas de acero, ¡hasta un simple cuchillo de cocina!; y, sobre todo, no aguantan que los habitantes de la casa hagan el vago y no trabajen. Cuando eso ocurre, les hacen fechorías por las noches. ¡A veces son muy molestos! Pero, cuando te los quieres quitar de en medio, basta con esparcir un saco de maíz, garbanzos o lentejas por el suelo, que eso les tiene entretenidos eternamente, hasta que en muchos casos se van de la casa. Y digo eternamente porque los follets no saben contar y siempre tienen que volver a empezar la cuenta y, además, tienen un agujero en la mano izquierda por el que va cayendo todo lo que recogen. Eso es lo peor que les puedes hacer.

—¿Dónde viven? ¿En qué parte de la casa duermen?

—Suelen vivir en las cenizas de la chimenea. Cuando voy a alguna masía en verano, me doy cuenta enseguida si hay o no hay un follet en ella porque aún siguen las cenizas del invierno, los dueños de la casa no limpian la chimenea y sólo lo harán el día de Pascua.

—¿Qué puedo hacer para atraerlo, para que me deje verlo?

—Puedes poner en tu ventana un cuenco con miel y leche, o caramelos, o pasteles. Es lo único que se me ocurre. Recuerda que lo verás cuando él quiera. El follet está por toda la casa pero se deja ver pocas veces. A veces, se transforma en algún animal, cambia de tamaño o de forma...

—Si supiese su nombre…

—¡Oh, no, eso jamás! ¡No puedes llamarlos por ningún nombre! Para ellos, descubrir el nombre da poder sobre ellos a aquél que lo descubre. Llámale simplemente follet.

Aquella noche, de madrugada…

El reloj marcaba las dos y Jordi aún estaba despierto. Se había propuesto no dormirse y estaba seguro de que lo conseguiría porque estaba muy desvelado. La conversación de esa tarde con la anciana Carme le había acrecentado las ganas de ver al ser misterioso que supuestamente vivía en la casa. A veces, le daba vergüenza sentirse impaciente por encontrarse con un duende, le parecía absurdo e imposible, pero durante toda esa semana, los sucesos nocturnos, lo oído de labios de su abuela, de Maca y de la anciana le hacían dudar e incluso en algunos momentos, estar convencido de que aquel ser existía. Pensó si se lo contaría o no a sus padres, pero no lo iba a hacer de momento, le daba vergüenza que se rieran y que le dijeran que cómo creía en esas cosas, que aquello eran historias fantásticas de la abuela y que así debía de tomarlas.

Eran las dos de la madrugada y un sonido familiar alteró sus pensamientos. La flauta empezó a sonar y lo hizo más dulce y bonito que nunca. Jordi se incorporó y, sin dejar de mirar a todas partes, comenzó a hablar en voz alta:

—¿Follet? ¿Eres tú, follet?

De pronto, la música cesó y Jordi sintió un vuelco en el corazón. «No, no es un sueño», se dijo. Era consciente de que podía estar a punto de vivir el suceso más increíble de su vida y empezó a respirar profundamente para serenarse. Después, se levantó de la cama y fue a la ventana; el cuenco con pasteles que había dejado seguía intacto. Volvió a acostarse y esperó.

Al cabo de unos minutos, oyó un ruido cerca del escritorio. Jordi se levantó de nuevo y escrutó el lugar, pero no vio nada.

—Follet –dijo–, si existes, si realmente existes, deja que te vea. Por favor.

Volvió nuevamente a la cama y, de repente, Jordi vio que algo se movía debajo del escritorio. No quería hacer ningún movimiento que espantase al duende y, con enorme cuidado, sacó la linterna que había escondido debajo de las sábanas. Se fue levantando muy lentamente de la cama, se aproximó sigiloso al escritorio y, cuando se encontró a unos cinco pasos de éste, accionó la linterna y entonces sintió que se le cortaba la respiración, un sudor frío le inundó la frente y, con los ojos llenos de lágrimas de la emoción, sólo fue capaz de susurrar:

—Gracias, follet.

¡Lo que tenía ante sus ojos era lo más increíble y maravilloso que había visto y que vería jamás! Un ser de tez amarillenta de unos treinta centímetros, delgado, de cabeza grande con pequeños cuernos y rabo, lo miraba fijamente con sus grandes ojos negros mientras esbozada una sonrisa en una boca descomunal como sus orejas y su nariz. Llevaba ropas de intensos colores, con estampados en rombos, como los arlequines, y lucía en su cabeza un gorro rojo con cascabeles. De pronto, sacó de debajo de sus ropas una minúscula flauta y empezó a tocar. Jordi vio sus manos, también grandes y pudo apreciar el agujero en la mano izquierda. «Era verdad», pensó, «todo era verdad».

El follet hacía sonar su flauta en honor a su nuevo amigo mientras daba brincos a modo de baile. Jordi no podía apartar la vista de aquel ser mágico y así estuvo durante un buen rato hasta que el follet dejó de tocar y entonces, con un hililllo de voz, preguntó:

—¿Qué hago ahora?

—Oh..., bueno..., puedes seguir tocando la flauta. ¡Me gusta mucho como lo haces!

Al cabo de una hora, Jordi se quedó dormido en el suelo y, a los pocos minutos, se despertó:

—¡Follet! ¿Dónde estás, follet? –empezó a gritar mientras se incorporaba y buscaba por la habitación– ¡No me hagas esto, por favor! ¡No puedes dejarme así! ¡Quiero verte y hablar contigo! ¡Vuelve, te lo suplico! ¡No me dejes, esta noche no!

Jordi estaba desolado y no pudo reprimir el llanto. Salió de su dormitorio, bajó rápidamente y entró en la habitación de su abuela.

—¡Abuela, despierta! –gritaba– ¡Despierta, por favor!

—¿Qué... qué ocurre, hijo? –preguntó Caterina alarmada.

—¡Abuela, lo he visto!

—¿A quién? ¿De qué hablas? ¿Qué hora es?

—¡Al follet, abuela! ¡He visto al follet! –gritaba muy excitado sin parar de llorar– ¡Pero se ha ido, abuela! ¡Ayúdame, dile que vuelva, quiero verlo de nuevo y hablar con él! ¡Es mi última noche en esta casa! ¡Por favor, abuela, por favor!

—¡Vamos, vamos, hijo, tranquilízate! Estás muy alterado –le dijo Caterina. Se sentó en la cama y abrazó a su nieto. Jordi lloraba con la cabeza apoyada en el pecho de su abuela mientras Caterina le acariciaba los cabellos tratando de calmarlo–. Entonces, lo has visto al fin... ¡Cuánto me alegro, Jordi! Volverás a verlo algún día, cuando vuelvas a visitarnos.

—Pero..., yo quiero verlo ahora. Todavía no ha amanecido y puede volver. Si tú se lo pides, a lo mejor...

—Él hace lo que cree que es conveniente, Jordi. ¡Ahora, cuéntame como ha sido!

Jordi le relató su encuentro con el duende. Caterina lo escuchaba entusiasmada y con una enorme emoción.

—¡Le has gustado, Jordi! ¡La primera vez que lo ves y te dedica todo un baile con música incluida! Mi pobre follet... Se siente muy solo en esta casa. Con Maca y conmigo se debe aburrir tremendamente. Contigo ha revivido viejos tiempos... ¡Va a pasarlo muy mal cuando te vayas!

—¿Tú crees, abuela? ¿Crees que podremos ser amigos?

—¡Ya sois amigos!

—Volveré este verano, abuela. Se lo pediré a papá y a mamá.

—¡Oh, me encanta la idea! Pero, tendrás que aprobar el curso.

—¡Aprobaré todas las asignaturas, te lo prometo! ¡Y pasaré el verano contigo, con Maca y con el follet! ¡Con nuestro follet!

Capítulo 9

Después de cenar y a pesar de que estaban cansados del viaje, todavía se quedaron un largo rato hablando y hablando de un montón de cosas: el viaje a París, la exposición, la estancia de Jordi en Canell, dónde habían estado, lo que habían hecho, los planes de Jordi para el verano... Jordi habló por los codos, de todo menos del follet. Ni siquiera tuvo la tentación de hacerlo y no fue por vergüenza, sino porque pensó que sería su secreto, un secreto que sólo compartiría con la abuela Caterina, porque «papá y mamá no son de los nuestros», pensó.

Cuando ya de noche yacía en su cama a la espera de dormirse, un montón de imágenes le vinieron a la memoria y se sintió inmensamente feliz. Le encantaba Girona, le encantaba Canell, le encantaba la masía, le encantaba su abuela, le encantaba Maca y, por supuesto, le encantaba su follet. Pensando en ello, se quedó dormido pero aquella noche tuvo una pesadilla, soñó que volvía en verano a Canell y que Caterina le decía que el follet ya no vivía en la casa, que se había ido para siempre y lloraban, lloraba Maca, lloraba la abuela, lloraba la anciana Carme, lloraba Encarna, lloraba el cura, lloraba el caballo del cuadro… ¡Paff!

Se despertó de repente.

—¡Nooo! –gritó y apareció rápidamente su madre.

—¿Qué pasa, hijo? ¿Todo bien?

—Oh, sí, mamá. Sólo ha sido una pesadilla.

—¿Quieres dormir con nosotros, hijo?

—No, mamá, gracias. Dejaré la luz encendida.

—Está bien. Buenas noches –le dijo su madre y se fue muy sorprendida de que Jordi no hubiese querido ir a dormir con ellos después de una pesadilla, con lo miedoso que era. «¿Qué le has hecho, mamá?», pensó su madre sonriendo.

Ya no podía dormirse. Estaba desvelado. Empezó a darle vueltas al sueño y sintió un nudo en el estómago al pensar que la pesadilla que acababa de tener podía pasar realmente. Quizás no volviese a ver jamás al follet... Tenía unas enormes ganas de llorar y le hubiese gustado llamar en ese momento a la abuela para contarle sus temores y pedirle que le dijese al follet que no abandonase nunca la casa. Y, de pronto, ocurrió algo imprevisto, ¡algo fabuloso, extraordinario, maravilloso, y fantástico!

¡La flauta empezó a sonar!

—¡Follet! ¡Follet, has venido! ¡Me has seguido hasta Madrid! ¡Estás aquí! –exclamaba con los ojos empañados.

De repente, aquel ser fascinante saltó a la cama y empezó a bailar haciendo mil cabriolas.

—¡Te has venido conmigo, follet! ¡Cuándo se lo diga a la abuela...! Aunque supongo que lo sabrá, si no ha sido ella la que... ¡Oh, gracias, abuela!

—¡Hasta el verano! –dijo el follet– ¡Volveremos en verano!

A la mañana siguiente, cuando Jordi se despertó, le pareció oír de nuevo la flauta pero enseguida se dio cuenta de que no. Se desperezó y se dirigió a la cocina a desayunar y, en el pasillo, volvió a oír el sonido, cuanto más se acercaba a la cocina, más fuerte lo oía. Pero, no era el sonido de una flauta, sino un silbido, eso, alguien estaba silbando una melodía. Entonces, ¿por qué pensó Jordi que era la flauta? ¡La música! ¡Era la misma música que tocaba el follet con su flauta! Jordi entró en la cocina y se hizo el silencio. Su madre estaba sola preparando tostadas.

—Buenos días, hijo. Siéntate a desayunar –le dijo y empezó a silbar de nuevo aquella música, la música del follet. Jordi la miraba boquiabierto y no fue capaz de decir ni buenos días a su madre. Mientras le servía el desayuno, ella le miró de reojo, con una sonrisa pícara en sus labios y le guiñó un ojo. ¡No fue necesario decir nada, en este caso sobraban las palabras! Jordi le regaló a su madre una de sus mejores sonrisas y le guiñó también un ojo.

Al fin y al cabo, ¡todo el mundo tiene algún secreto que compartir!

Fin

ÍNDICE

TÍTULOS DE LA COLECCIÓN

1. El guardián de senderos
Concha López Narváez/Carmelo Salmerón
2. La casa de las cuatro chimeneas
Juana Aurora Mayoral
3. Cuando sea mayor
Alfredo Gómez Cerdá
4. Elecciones en Zoolandia
Antonio Manuel Fabregat
5. Un mago de cuidado
Mercé Viana
6. Viaje al país de los cocólitos
Josep Antoni Fluixà
7. Pepo y el delfín rosa
Isabel Córdova
8. Chilam y los señores del mar
Carlos Villanes Cairo
9. Poli y la bruja majadera
Blanca García Valdecasas
10. Animal de compañía
Montserrat del Amo
11. El extraño Señor de las nubes
Carlos Murciano
12. El memoriápodo
Ana María Romero Yebra
13. Andrea y Andrés
Concha López Narváez
14. Jo, ¡qué fantasma!
Fernando Almena
15. La peseta de Birlibirloque
Lucía Baquedano
16. El enigma de la ciudad del metro
Juan Miguel Sánchez Vigil
17. El sabio Cirilo
Mercé Viana

18. El canto de las alondras
Juana Aurora Mayoral
19. La masía encantada
Lola Herrero
20. Anadia, la ciudad sumergida
Josep Franco
21. Un brujo que embruja
Mercé Viana
22. La montaña del Cielo
Lola Herrero
23. El País de Arroz con Pasas
Josep Ballester
24. Vuelve el memoriápodo
Ana María Romero Yebra
25. Un reloj muy especial
Josep Antoni Fluixà
26. Un viaje fantástico
Juana Aurora Mayoral
27. Una caja llena de dientes
Teresa Broseta
28. El maestro Ciruela
Fernando Almena
29. Secretos de ida y vuelta
Enric Lluch
30. Los sueños de Khadim
Mercé Viana
31. El vampirillo sin dientes
Mercé Viana
32. La isla del sol
Josep Franco
33. Las vacaciones en Natal de una familia fantasmal
Enric Lluch
34. El lápiz mágico del abuelo Juan
Juane Gumbau
35. Paula ñam, ñam
Mercé Viana